U0726166

甜蜜的谜
Sweet Mystery

朱燕 著

长江文艺出版社

与你相见 是最美的奇迹

怀胎十月，孩子降生，一场不可思议的生命体验，一趟爱与成长的旅行……

目 录

命孕

孕后

目 录

孕育一

孕育二

目 录

诞生

初为人母

目 录

小儿初长一

母亲成长一

目 录

小儿初长二

母亲成长二

三言两语

这是孩子和妈妈一起探索完成的作品，这是一位妈妈情不自禁写下的喃喃自语，许多许多个日夜走在敬畏的晨昏中——26幅涂画与102段涂话串成甜蜜的谜。

如果你准备有个小宝宝，愿它能带给你感性的体验；
如果你有孕在身，愿它能给予你温暖的陪伴；
如果你的小宝贝快要来临，愿它能给你添加勇敢；

如果你已初为人母，愿它能给予你可亲的回忆，以及在每一个艰难的时刻，回到生命初始，希望的原点，怀抱爱的力量面对种种境况，让爱发芽生长……

奶奶说：
女人哪，总归要生孩子的……

你零散的话，
总像一个完整的寓言。

I
／命孕

① 子宫漫游

她睡着了，
受洗春天的芬芳，
银铃系挂玫瑰的一端，
沉沉星夜叮当作响。

此时，
子宫正上演一场太空漫游。
卵子经过约15厘米狭长的输卵管，
一路被异色光环围绕。

若有幸，
它将与三亿分之一个精子相遇。

她睡着了，
婴儿般。
夜色伸出温柔的翅膀，
拍打睡眠。

来自肌肤的沁香，
波浪般——
涌向发丝，
围拢的手臂，
以及起伏的胸口。

洁白的床竖起一座温暖的雕塑。

② 梦的现场

睡眠，
占领一生三分之一的时间。

幸好它不偷懒，
潜入黑夜，
蹲伏梦的现场，
悄悄布局——
移位。切换。转动。

一只风筝，
飘飘荡荡险象环生。

夜，
苍穹静寂，
繁花卸彩。

雏鹰收起翅膀，
小鹿隐没丛林，
吮吸着的幼豹合上眼帘。

当流星驻足，
醇香的乳汁自星空滴落。
宇宙无声，
正低头复写一本本轮回书。

③ 昨天今天

白昼临近，
喧嚣醒来。

她毫无察觉，
今天和昨天有什么区别。

白色吊灯，
收藏梦的剧情。

一个开头而结局无数，
一次淋雨而花开满园。

起床，

束起散乱的头发，

拉开窗帘，

晨曦身披纱裙和她亲吻。

当她转身离开镜子，

踩过鸟儿鸣叫的小道，

经过花坛转角处，

一只半蹲着的白色小猫咪"喵呜"了声。

④ 街头回声

移步街头，
汇入人流，
云朵往来致意，
花蕾躺在枝头蠢蠢欲动，
转眼，怒放百态千姿。

揣一缕香气，
洒入风尘，
重金属和轻电子，
嘶吼和低吟，
粉墨陈列的橱窗竞相吐蕊。

但——

清新，

务必简洁。

自然——

受控精细的选择与淘汰，

受控造物之主，

人间的优美所在。

⑤ 关于真实

她是个真实的小孩。

关于真实，
一个令人揣测的词语。
薄雾中，
确认似是而非。

除了看见的听见的，
除了一厢情愿的相信，
她不知道梦境或者幻觉是否计算在内，
但它似乎是更真实的存在，
并且和奇妙相连。

一个遥远的谜语，

遗失的，

即将而来的，

定在某一天无视时空的秩序优雅相逢。

它——

不曾来过，又未曾离去，

它在，在不可确知中存在，

又在一次时光的瞬间而为中娇艳绽放。

⑥ 关于小孩

她不知道长大后是否已走远，
但彼此视线中渐小的身影，
依旧可见纯洁的天赋，
如此直率而清晰。

她爱巧克力，
爱雨天忘了带雨伞，
爱发箍和戒指上的蝴蝶结，
她爱云朵的形状天空的颜色，
爱在旅途中迷路，
爱穿旧了的毛线衣，
爱鸟类羽毛标本的色谱。

她与缺点共处，
雀斑不遮掩，
玩耍不计时，
只是说话请小声。

胎记作为纹身的一部分，
游戏时间列入备忘录。

她不知道长大后是否已走远，
但彼此视线中渐小的身影，
依旧可见纯洁的天赋。

⑦ 紫色孕棒

她不确知，
这一个星期以来做了什么。

大致是：
拍照，
收发邮件，
喝可乐，
吃速冻食品，
参加了一个聚会，
看了场电影，
购了双黑色镶边镂空鞋，
一条复古窄腰裙，
以及一套春日彩妆系列。

也在这一个星期，
受精卵分裂成一个小圆球，
将自己附着在子宫壁上。

直到第8天——
胚芽完成"着陆"，
微微嵌入子宫内膜。
此时，
一个不能称之为生命的细胞球已分裂出几百个细胞。

一如每个清晨的开始，
而结束变成一道奇异的光芒，
测孕棒上——
两条紫红色的线带越来越深。

⑧ 晨祷女子

这一道光芒，
越过千山万水，
涉入重重险滩，
终于——
慷慨照耀深海峭谷。

她：
身穿白色的睡裙，
黑发披垂，
赤足站立，
如一位晨祷女子。

她站着，

站在谜语的中央。

一道紫红，

又一道紫红，

造物主奉上人类的奇迹。

此刻，

天空清澈宁远，

金色的光线从楼宇背后伸展开来，

暖暖的晨晖中，

她站着，

沐浴在波光粼粼的福音之中。

⑨ 上帝之礼

一切来得猝不及防，
一切似乎久别重逢。

墙壁请你退让，
地板请你滑动，
门帘你飞舞吧，
我要紧贴你耳旁悄悄告诉你。

忘了怎样地抬头，
你和我，
面对上帝的灵感，
面对这份唯一不被包装的礼物，
紧紧相拥。

第二天，

她穿了双银色绑带鞋，

有生以来，

第一次踏上妇幼医院的台阶——

一位打哈欠的孕妇经过身旁，

前方，一个瘦弱的女孩斜躺在长椅上，

另一边，一位母亲正解开纽扣给正在哭泣的婴儿喂奶。

她恍觉走错了地方，

看着另一个不为所知的群种，

如置身于另一个星球——

她的脚步略显迟疑，

但一种莫名的力量驱使她来到咨询台前。

⑩ 奇迹降临

她怔怔地站了一会儿，
咨询、挂号、填表、检测、化验。

然后坐在一排神色各异的女子中间，
等待门口牌子上亮起自己的姓名和号码。

镜头掠过一张张陌生的脸庞，
同样的平静与动荡。

她想知道，
在长廊的尽头，我们为何而来？

是
某个梦境中的甜蜜相遇？
是
某一段年龄投递过来的神色？
是
酒醉歌狂后的冒失走神？

还是——
为那份永恒的情感，
自愿担负生而为我的命运？

显示牌的名字亮起，
医生接过报告单飞快一扫，

说：有了！

II / 孕后

⑪ 查询下落

据说：
女性尚在胚胎中，
便储存了4万个卵子，
在未来的日子里，
约有400个发育成熟。

仿佛星际中的行星，
在无限秘密中游弋、等待，
直到那时，
揭去羞涩的面纱，
坦白我们寻觅一生的爱恋。

自告别青春期以来，
第一次这样查询自己的下落：

原来物种在生命初始就如此旺盛地占有了——
性别，女。

在漫长的30亿年进化中，
造物主交给了女性一个艰难又幸运的结构，
而身为天地之间裙裾飞舞的女子，
又将承担怎样的命运赠予？

⑫ 神奇密码

记得那一天，

我坐在医院大厅的一角，

一再看着B超报告单上胎儿的发育数据，

如一列列神奇的密码，

那样静止而有力地刻入记忆的光碟。

记得那一天，

除了时钟在精确地转动外，

其余的情绪和动作或多或少偏离了轨道。

抬头望去，

绿叶间的蓝色拼图梦幻般编织。

我不记得

是否在摩天轮的最高处许下愿望。

也不知道

是否曾经热切地盼望过。

是否——

在某一段旅程的夜晚为之流泪？

是否——

在玫瑰盛开的日子和他窃声讨论过？

是否——

留心一颗种子的发芽？

是否——

在无意间拍下一张孩子的照片？

⑬ 为你而舞

缘分被秘密安排?
我不知道。

就这样,
你闯入了我的世界。

如常的一天,
突如其来的一天。

命中注定,
就这样——

我拉起你的手，

那幅由名字绘成的图画倒映蓝天。

谁也不许把你偷走，

你在我眼中是永生的形象。

谁也不许让你悲伤，

你在我眼前是快乐的天使。

玫瑰盛开的夜晚，为你而舞。

⑭ 致谢偶然

再一次，
向偶然致谢！

倘若无常是命运的本来面目，
偶然，隐匿在时光的褶皱中。

我从不知道你的姓和名，
从不知道你来自何处，
又会在何处向我动人的走来。

即使千百次锤击岩石，
泪水凝结成冰凌，
你依旧是寂静的山崖。

一语不发，

孑然缄默。

只等那惊涛骇浪之后，

在一个黎明时分，

悄然升起宠爱的光缕。

只是——

那么短促的一瞬，

视线竞相倾倒，

图像模糊不清。

而心的孤岛升起一片繁茂的森林。

再一次，

向偶然致谢！

⑮ 一起上路

如静寂的湖面植入一座岛屿，
空旷的草地迎来了一群孩子，
它们各自伸展手脚接纳彼此。

从今天起的二百七十天，
我将涉险于这一从未领略过的旅程，
我将和这个小生命一起上路，并且友善合作。

彩色的血液已点亮岛屿，
胎心正发出搏动的号角。

滑入雌激素上升的边界，
似浑身被安装了感应器，
隔着门的味道近在咫尺，
餐桌旁想起儿时的粮食，
天色变黑睡意紧随而来。

弯下腰擦净呕吐的痕迹，
我知道昏眩很快会过去。

⑯ 打开日记

正如有一天，
你一定会问我，
妈妈，我从哪里来？

今天，
我和你一样，怀着同样的好奇：
孩子，你将如何而来？

从此开始——
打断月份日期的排列，
从孕后第一周第一月开始计算。

从此开始，

打开崭新的笔记本，

在洁白的纸上，

记下我的喜悦与困惑，

你的神秘与不可思议。

我答应你，

当那一天到来，

我将如实地回答你认真地提问，

不会再站着对你说：

你是从西瓜地里捡回来的。

哦，忘了告诉你：

我已不再熬夜、不喝牛奶、不吃苹果。

⑰ 复活童话

一颗奶糖

融化成一座巧克力山

一个飞走的气球

掉在精灵国的魔法瓶中

一根羽毛

向大地散下雪花和风车一起旋转

一丛马尾草

招呼萤火虫帮忙数星星

一只蝴蝶

给一个迷失方向的小婴儿带路

一百只猫

被邀请乘上热气球

一页纸

折出一串高音谱号……

我努力记住睁眼纷飞的画面，

试图串起一个完整的故事，

握着铅笔的手领她回到失踪已久的童年。

那里，在那里——

太阳的胡须铺满小鸟亲吻的草地，

树木举起指挥棒为云朵彩排，

而小动物们栖息在树下倾听风的回响。

哦，孩子，

是你在翻动这一本本的书页吗？

哦，不，孩子，

你还不是人的形貌，

你是——神的一部分。

⑱ 母亲是我

三个月后，
我去医院产检。

在一份化验单上，
医生要求填写母亲的姓名。

什么？母亲姓名？你是说我妈的姓名吗？
你是母亲吗？医生严肃地问。
哦，哦，是……
我，是我，我是我是。
我连连点头。

是啊，孩子：

当我还没有确认"母亲"两个字的时候，你来了，
就如当我还不能确认"新娘"的时候，穿上了婚纱。
你悄然而至，我又怎敢冒认"母亲"这个称谓。

从出生之日起，
"母亲"，永远是第二人称，
今天，她以第一人称落在我身上，
让我不由自主去相信生命的神奇运转。

孩子，对不起，
你还感觉不到我的愕然，我的不知所措，
就如我还不知道分娩的疼痛。

⑲ 我是母亲

母亲？母亲！

我试图回到生命的初始，
蜷缩于母亲的子宫，
经历风雨的奔波，
阳光的照射，
以及深深的睡梦。

我问：妈，你怀我时有妊娠反应吗？
我问：妈，你怀我时每天在干什么呢？
我问：妈，我在你肚子里踢得你厉害吗？

你笑笑，这么久了，不记得了。

你的笑，

带着永恒的羞涩和苍茫，

如飘雪中渐隐渐逝的花瓣，

轻软无声落入远方的古瓷盒，

任风雪洒落凭记忆消融。

如今，

你的孩子，

终将成为一位母亲，

我开始想象你初为人母时的笑靥，

抱着孩子哄我时的模样，

抱歉——

它迟到了这么久……

⑳ 欢迎光临

我常在想：
你是我30年生命中的一个转折号、分号、惊叹号，
还是一个大大的问号？

你什么都是，
由惊叹号开始，
由问号连接其余句点。
而我的转折，
便从这个惊叹号开始，
在问号的穿引下靠近。

我将怎样迎接你？
在我30岁的年龄。

10岁的时候

这是个不存在的数字，

20岁的时候

这个数字仍与己无涉，

25岁的时候

常在护肤品手册中见到，

带着皱纹、眼袋、松懈的肌肤，一身疲惫。

有一天，在镜子前，

匆忙中瞥见第一缕细纹从眼角浮起，

我问：是你吗？

然而，令人意外的是，

她又凑近了镜子，展开微笑——

啊！恭候多时，欢迎光临！

孩子，我将用同样的微笑迎接你！

III
/
孕育一

㉑ 受孕证据

母亲？母亲！

我落入你的怀抱，
在镜中怒放温存。

我的身体充盈受孕的证据：

平坦的腹部微微隆起，
纤细的腰线不见踪影，
那被围困一生的乳房，
准备担负哺育的使命，
渴望一个婴儿的问世。

是要你不着一丝凉意?

我的身体是一个暖洋洋的宇宙,
如四月的季节,
多情而温热,
浆果分泌甜蜜的液汁,
输送必要的养分。

我的身体环绕受孕的血色——
在镜中温存怒放,
落入母亲的怀抱。

㉒ 胎心回声

哦，孩子：

你和我，日日夜夜，
呼吸着我的呼吸，
行走着我的行走。
疲倦的双目占据图像的中心——

哦，你的身长已增加到了8厘米，
你的轮廓清晰可辨，
眼睛耳朵手指脚趾已经成形，
四肢在羊水中自由伸展，
微笑的心脏已开始活动，
茸毛与母体紧密连接，
脐带忙碌碌维系着胎盘与胎儿。

我放松姿势，

平躺在雪白的床位上，

胎心仪传来铿锵的胎心音。

此刻——

仿佛周遭都消失在这均匀有力的搏动声中，

这声音迅捷穿过回廊，

奔向那激动人心之处。

我紧随"咚咚咚"的声音敲击门窗，

那儿——

以自身不可侵犯的法则，

传来生命嘹亮的歌唱，

这歌声，绵延穿透母亲身体的荆棘。

㉓ 夏日丛林

由一个纯粹的夜晚开始，
你将痛苦和欢乐植入我的土地。

当我的目光第一次潜入深深的海洋，
你蜷曲着的小小的身子，
在波动的涟漪中静静安睡，
我将如何告诉你我的万分惊异？

而或许——
当你第一天涉入母体的河流，
你也想告诉我你是如何惊奇不安？

你将历经漫漫黑夜，

从练习皱眉吮吸到寻找黎明的亮光，

你将被施与无上的能量和祝福，

一日日接近诞生的那一天。

我的曲线已不复存在，

如中世纪画中的女人胴体，

我迈开缓慢的步容穿过杜鹃开遍的丛林。

我的曲线已不复存在，

如天空奉献给盛夏的果实，

我迈着缓慢的步容踏入星光点缀的果园。

㉔ 请勿介意

亲爱的，
请你不要介意：

我丢失了少女的容貌，
我的肌肤粗糙不堪日益膨胀，
我呼吸滞重，动作缓慢，
而你总带着慰藉的笑容拥我入怀，
别担心，宝贝！

我剪去了长长的头发，
心神不宁地转身，
你向我投来恋人的目光——

我微微颤栗，
接住一朵盛开的玫瑰，
你很美，宝贝！

我躺在恩宠的摇篮中，
轻柔的爱抚平息时而起伏的焦躁，
这是我们的节日——

一场富饶的盛典，
分分秒秒我们虔诚款待，
别担心，宝贝！

㉕ 雨后花园

今天，

是领悟的开始，

一阵大雨给季节命名给大地更衣。

我早已脱去高跟鞋，

擦掉眼影和唇膏，

穿上柔软的平底鞋等待彩虹的驾临。

今天，

经过雨后的花园，

我忍不住询问：

花蕾，你是这枝头孕育的第几个儿女？

你将在哪个时辰含苞绽放?

你的颜色是初露的乳粉还是嫣红?

而后，再给你起个什么名字好呢?

你的母亲不出声响，

她深深地扎根泥土为了让你望见辽阔的蓝天，

是的——

她常常迎风而立保持沉默，

身穿单薄的衣衫开垦爱的湖泊。

岁月让她深深地相信，

脱胎于未知的命运，

长存于一片躬耕的麦田。

26 此刻女人

只用清水
就可以洗净身体，
只穿布衣
就可以行走街市，
只选裸色
就可以大方微笑。

而要选用怎样的香调才能释放躯体的馨香？

这香氛非香水可还原，
她拥有天鹅绒的质地和果树成熟的气息，
她流动温柔的天性和欢悦的生机，
她只为此刻的女人而酿造。

一个乐句
接一个乐句传来，

千锤百炼的琴弓，
经过怎样的磨难才如此奔放细腻？
空白的中心编织一幅七彩的图画。

用清水洗净身体，
着布衣行走街市。

阳光倾斜而入，
我不紧不慢地走着，
仿佛听见了乐句中休止符的声音……

27 噩梦一夜

我知道：

你还很小很小，

还只有9厘米之长，

手指开始出现皱纹，

但你居然会做鬼脸了！

尽管你调皮得可爱，

噩梦却紧追不舍——

你已是个出世的婴儿，

握着的小拳在半空中挥舞，

我紧紧抱着你挤上一辆列车，

闹嚷声中你睡着了，我也跟着睡着了……

醒来，
列车空荡荡的。

我飞奔到列车室，
什么人也没有，
一片静寂萧瑟，
破碎的哭喊，
唤来了很多的孩子，
可我怎么也找不到你，
列车要开了，我在惊惧中醒来。

医生说：
要做妈妈了，放轻松！
没什么可怕的，
这个是自然的过程。

28 反复地问

而我，
不止一次，
反复这样问，
像一棵生长的树：
为什么非得结婚啊？
为什么非得生孩子啊？
为什么非得女人生孩子啊？
为什么不生小孩不能待在一起？
为什么生了小孩还是各奔东西了呢？
为什么不生小孩就是亏欠了列祖列宗呢？

以后

翻过

日历

存取

相片

索要

答案

其实

不在

你的追问之下。

㉙ 金色宫殿

一天，一天，
身体已调整好步调，
起伏的不适消失了，
起落的情绪也稳定了，
我开始翻看孕期指南，
并从记录片中了解孕育的全部历程。

一个微小的物种，
是如何以最高的才情接近金色的宫殿？
又是如何以最精细而复杂的细胞分解筑起完美的巢床？

我竟发现自己像一个旁观者，
在显微镜下震惊于人类如此精巧恢弘的结构，
千丝万缕，一丝不苟，环环相扣，血脉相连。

可是，

当我的手触摸到腹部的时候，

依然感觉自己在守候一个从未被揭穿的秘密。

每一次，

当我走在街上，

总能捕捉到从对面或斜对面投来的蒙娜丽莎般的微笑。

奇怪的是，在此之前，

从未在何种场景注意过孕妇。

哦，大概是我一向走得太快了？

㉚ 永恒一秒

今天是初夏的最后一天，

我把所有小尺寸的衣服挪到另一个衣柜中。

此时，我正叠着一件格子外套，

忽然——

腹中有如小鱼轻快地划过水面——

哦，小宝贝，

是你动了吗？是你吗？

我拍了拍小腹，

是你的小手挥了一下？

还是你的小脚踢了一下？

哦，刚才是你动了下吗？

啊！你会动了！

这是孕后的第120天，

一天中的一秒，

平凡，却又非凡。

心跳的心跳，

静止般——

宣告一秒的天长。

只是短促的一瞬，

流星斟满神圣的荣光划破长夜。

你的形象清晰又模糊，

圆圆大大的眼睛，肉嘟嘟的形状，

清晰得几近透明，模糊得辨认不清。

仿佛出没于无形的山谷，

原野的轮廓之上——

你为大地所有，不被我占有。

IV／

／孕育二

㉛ 特别场所

一个忽然经常光顾的地方：
这里有男人、女人、老人、小孩，
这里有丈夫、妻子、父亲、母亲、祖父母、外祖父母、
儿子、女儿、孙子、孙女……

每个称呼都是一顶皇冠，
每个结束都是一次开始。

一个脚印淡出，
一个脚印淡入，
长长的名称牵起短短的一生。

谁在等待匆促的脚步？

谁在搀扶柔弱的身躯？

谁在问候流动的命运？

谁在陪伴沉默的痛苦？

谁在捡起丢失的天真？

是你？是我？是我的孩子？

我是你的孩子，

你是我的孩子，

我们分手、远走、团聚，

我们之间，我和你之间，

用"——"连接和分隔。

母亲挽着我的手，一起走进产检室。

㉜ 器官发育

哦，宝贝，
现在你的样子可爱极了！

眉毛和睫毛开始长了，
会睁眼和闭眼，
头发又长了些，
骨骼也更结实了，
薄薄的皮肤上覆盖着白色的胎脂，
如淋上了一杯牛奶。

你小小的身体形成一个圆，
日渐充盈母亲的子宫，
你蠢蠢欲动，
开始在羊水中练习不同的姿态。

哦：

妈妈有些迫不及待了，
总在拼贴你的模样，
眉毛、眼睛、鼻子、嘴巴、脸型。

当你带着发育完全的器官来到世界，
它们如上帝向你伸出的长长手臂，
挽着你进入一个又一个游乐园，
并向你娓娓道来——十万个为什么。

㉝ 不论男女

总会被问起：

是男孩，还是女孩？

请原谅这个有欠公正的提问，

请原谅这一被好奇激起的急切之心。

当旁人这样问起，

我总是摇头，

微笑着说：呵呵，不知道呀！

我不想知道，

是因为不想过早解开这个谜语——

我不想知道，

是不愿对这个圣灵般显现的谜语有丝毫的破坏，

反之竭力守护它的完整。

无论知道还是不知道，

它早已确定早已告知自己，

既然如此又何必让惊喜过早地枯萎？

况且，

对我们而言，

性别并非重点，

我们将准备好两个名字以及不同颜色的衣服。

34 胎教时间

今天早上，
我换上了一双别致的金色芭蕾鞋，
为庆祝自己顺利走过了一半多的孕程。

每次出门或回家，
我为不用踩高跟鞋争取时间而快乐，
也为忘记了一件小事对方报以谅解而感激。

就如每一次你朝向宫壁，
这儿一脚，那儿一拳，
平静的喜悦随之涌向全身——

好像所有温暖的色彩和光点都围绕在身旁。

入夜，

如水的月光前来做客，

她满含深情在我身边躺下来，

轻轻抚触隆起的腹部。

哦，宝贝：

你的眼睛是开着的还是闭着呢？

是否染上了未来的光晕？

我慢慢背靠枕垫拿起一本童话书，

据一些早教书上吓唬，

现在是胎教的最佳时间，

听觉，视觉，触觉。

好吧，将信将疑地边看边读吧！

35 美妙旅行

哎，

真不知道你是否听见了我的声音，

我只能从你胎动中自以为你听到了。

不过不要紧，

无论你听没听到，

我愿意这样读给你听，

一页，一页。

孩子，

假如你喜欢上它就好了——

有一天，

你会发现：

当你走在路上，

它会递给你一根拐杖，

或是一张面对失望恐惧的药方，

当你离不开这根拐杖的时候，

你已乘着这支魔杖飞向你要去的地方。

它在哪儿不重要，

重要的是相信它在那儿。

瞧——

这将是多么美妙的旅行啊！

36 家庭作业

哦，该给你起个什么名字呢？

字典躺在枕边已经好几个时日了，
从第一页翻到最后一页，
又从最后一页翻回第一页，
又从音节表，
翻到部首检字表，
再翻到难检字笔画索引，
再到闭着眼睛随便翻到哪一页碰到哪个字。

瞧，你的父亲母亲，
正其乐无穷地完成这份家庭作业，
如考古学家，在现代汉语词典中不倦搜索。

这个名字，
携带独特的语音和温度。

这个名字，
和形象一同显现，
连接出生年月和居住地址。

这个名字，
希望你喜欢。

当然，允许更改。

㊲ 剧场记忆

忘了数第几次坐在剧场中央，
我和你一起观看演出该是第三次了吧。

远古的乐声撞入心扉，
柔软的双臂揭开真实，
舞步，击倒想象——

一场迟来的震惊，
一场刺破伤口的灵魂之舞。

舞者们双足裸露，
裹起透明的纱，
面向悲伤的大海低吟高唱。

是什么

让我们在碰撞翻滚触摸躲闪的身影中挥之不去？

是什么

让我们在剧烈破碎的节奏中坐立不安？

是什么

让我们赤裸足尖吻遍泥土和花朵的香气？

记忆中，

一道纯粹的光芒，

从藏匿于问句的可能中犀利释放。

她带着永生的力量，

自地板、街角、咖啡馆、河流、旷野、春天升起。

38 黑白超声

这天，
我们手挽手，
走进幽暗的房间。

爸爸端坐在沙发上，
妈妈躺在窄小的床上，
不免紧张起来。

医生手拿B超仪器在我鼓胀的肚子上来回滑动，
看到了吗？
这是宝宝的头，
这是宝宝的脊椎、脚、手……

看，

宝宝身体是拱起来的，

因为里面的活动空间小了。

我们紧盯着电视屏幕，

在粗糙的黑白影像中锻炼想象力。

噢，是吗？

嗯，看到了，看到了……

呵呵……

哦，宝宝动了下！

㊟ 彩色电影

现在，
我固执地相信，你会感受我的感受。

瞧，我和你，
一起坐在电视屏幕前看电影，
我的腹壁随着滚动的电音总是遭到你的攻击。

全景：茫茫人海
旁白："人类也许是这个星球最神秘的动物，
一个充满疑团的奥秘。
我们是谁？我们从哪里来？往哪里去？

怎能确定自以为知道的是什么？为何去相信？

无数个没有答案的疑问，即便有，

也会衍生另一个疑问，

另一个又会衍生出下一个？……"

我们一起坐着，你的手脚不安地舞动。

哦，孩子——

这串问题，终究会挂在你的行李箱上，

终究会让人想起保尔·高更光与色、线与形的惊动，

终究，我们，

都站在它的起跑线上预备、开始，

动词，取代形容词。

⑩ 房间和床

嗯：

这是我的房间。
这是我们的房间。
这是我们和孩子的房间。

我们倚在门口，
双人床旁边靠着一张婴儿床，
白色的窗纱随风飘动。

小棕熊正懒懒地趴着酣睡，
音箱中传来活泼轻快的童谣。

久违了的节奏和声音，
如一个绸带飘舞的欢乐节日，
摇篮在眼前来回晃动。

一个人，
两个人，
三个人，
四个人，
单人床，
双人床，
婴儿床。

V／
诞生

④1 星座启示

这是我们的房间。
你的床，
紧挨着我的身。

你的脸，
紧连着我的眼，
你的气息，
千丝万缕是我的牵挂。

而我，
忽然孕育的一个秘密，
圆润的肩头泻下光的瀑布，
饱满的乳房隆起整个季节。

我支起一顶轻纱穹帐，

和你一起倾听星座的启示。

如同胎儿的月亮，

安眠于星宿的子宫。

你还在睡觉吧？

不要怪我多情的抚摸把你吵醒？

你轻微地触动让黑夜有了光亮，

抖动羽翼复苏万物。

我的手安放在你的中心，

感受夜深人寂的温度。

这是我们的房间，这是我们的家。

42 这里那儿

这个地方不大，
还很简单，
不久你将和它见面。

墙壁是冰凉的，
而房间是温暖的。

地板是坚硬的，
而游戏毯是柔软的。

脸庞是陌生的，
而声音是熟悉的。

这里的食物细腻香甜，

这里的目光饱含深情，

这里的双手小心翼翼。

这个地方不大，

但容得下你小小的步伐。

当有一天，

你觉得它的尺寸越来越小，

无论什么时候，

你每一次回家，门都会开得大大的。

它在那儿，一直在那儿……

㊸ 胎心监护

今天起得很早，
预约好了做胎心监护，
检查胎儿宫内是否缺氧。

护士熟练地贴好检测仪，
说了声可以了就走了。

我调整好了坐姿，
前后左右的准妈妈带着慵倦靠在椅背上，
我猛得置身于一个毫无真实感的空间，
一排圆鼓鼓的腹部浮雕般凸起于身体之上，
无声无息一脉相承。

我们彼此第一次见面，
但当各自的目光交接时都轻轻地一笑，
带着熟悉的暖意。

有一瞬间，
我都记不得自己是怎么一天天度过的，
仿佛一开始就预约好了的，
驱散所有恐惧，来这里——

面对生命的奇妙，
面对同性所有敞开的秘密。

44 倒立准备

医生说：

宝宝的头已经在下面了，

我傻傻地问：不会早产吧？

这是正常的，

一般30—32周头都要往下了。

医生的声音总是柔柔的，

很快平复了我的担心。

每一次检测胎心跳，

我总是转头盯着监测仪上显示的数值——

156次/分、157次/分、160次/分

医生说：

每一刻的数值都是有变化的，

动的时候心跳快一些。

接下来，

医生用软皮尺量我的肚围，

又按了几下小腹，

然后很快做出结论：

宝宝有点小，要多喝汤，增加血容量。

可是，可是，

我的体重已从五十公斤增加到七十公斤了。

㊺ 护理用品

今天早上，
妈妈带你去医院听课，
题目是关于新生儿的护理：

比如哺乳的姿势，
抱着你的姿势，
怎样给新生儿洗澡，
怎样判断你的睡眠状态，
怎样从哭声中知道你的需要，
怎样护理肚脐……

今天下午：

妈妈挽着我去婴儿用品专柜。

这是什么？

奶瓶消毒器。

这个呢？

吸鼻器，哦，这是温度计。

这些又是什么？

沐浴网兜、沐浴液、洗衣袋、棉签、隔尿垫、护臀膏、

护脐贴、爽身粉、婴儿油、指甲钳……

妈妈和我跟着营业员绕着柜台转了几个圈，

不停地发出——

啊？啊！哦，是吗？

46 注意胎动

现在——
每次饭后的一段时间，
我穿着宽大的睡裙靠在沙发上，
双手放在紧绷的腹部上数胎动次数，
搁在茶几上的双脚已浮肿得走样，
我不免担心起这次检查的结果。

医生先说：
现在的体重是很好的，也便于生产。

接着医生又说：

孩子脐带绕颈，B超显示是1到2圈，

不过不要担心，这个也不是绝对准确的，

有的看出来是一圈，可能没有；

有的看出来是两圈，可能是一圈。

我接着又傻傻地问：会绕回来吗？

医生温和地笑着直摇头，

要注意胎动，一旦发现胎动不好，立刻来医院。

今天一下午你老在睡觉吧，

妈妈老感觉肚子饿，

会不会因为你吃得多，所以睡得也多呢！

㊼ 倒数时间

至今，

即使离你出生差不多一个星期，

我光着脚丫在婴儿床边来回转悠，

仍觉得梦游一般，

仍然无法想象你来到我们身边的情形：

给你喂奶的样子，

看着你的样子，

换尿片的样子，

帮你洗澡的样子，

哄你入睡的样子……

夜晚：

睡眠是一场温柔的游戏，

翻身分成3个节拍，

屈膝侧身、仰卧、侧翻身。

你已准备好倒立的姿势，

我们静静地等待，

在不可确知中静静地等，

迎接女人一生中那惊心惊叹的一幕。

48 剖腹产吗

是顺产，
还是剖腹产？
答案二选一。

问句起先不存在，
可今天必须问一问。

你是害怕？
能自己生为何要手术？
可我真的很害怕。
你可是要做妈妈了！
医生语气柔软。

听从自然的安排，

不再打探不再犹豫，

我认真学习拉美兹呼吸法，

定时饭后散步。

晚风摇动旗帜，

星空戴上花冠，

今晚握着信念的手，

和你一起宣誓：

无论担忧或焦虑，

无论坚强或柔弱，

无论多疼或多痛，

在这个神圣的日子里，

我将和你一起努力！

㊾ 阵痛待产

这是在哪里？

安静的气氛不免心生慌张，
电梯旁的长椅上坐着神色紧张的家人，
来往的护士身穿淡蓝色隔菌服，
米黄色落地帷幔从天花板铺垂下来。

忽然——
一声纤弱乳细的声音从帷幔间传来，
很快又恢复寂静。
哦，大概妈妈已将小婴儿轻轻地抱起？

这里就是生孩子的地方吗?

墙上的时针转到夜半11点,

首先在护士的带领下完成一系列必要的检查,

护士说:还需要一段时间。

经过长廊,

一位待产的妈妈因剧烈阵痛紧紧攥住丈夫的手,

痛感消失的间隙,

边吃巧克力边坐在蓝色的气球上上下弹动,

医生说这有助分娩。

此时,一位戴眼镜的男士怀抱一大束鲜花蹦跳着经过。

50 自然分娩

一阵酒精的气味在空气中迅速扩散开来，
我已身不由己。

我的宝贝，
该怎样描述接下来的场景——

记忆的胶卷只被猜测千分之一的真实。
我记得躺在产床上转辗无眠的一夜，
记得阵痛袭击呼吸混乱，
记得隔壁产房传来的弃绝之声，
记得每一寸神经都在欲罢不能的疼痛中坚持，
记得喘息间紧紧拽回摇摇欲坠的信念，
记得那敞开命运面向生的无边能量，
记得耗尽体力的躯体虚弱如絮……

疼！

放松！啊！

……

深呼吸！来！

……

再来！再来！！

……

要做妈妈了，加油！！

……

深呼吸！！看见头发了！！再来！！！

……

一个长久的谜，万物的极致之美，在一声响亮的啼哭中揭开。

VI

初为人母

51 兑现诺言

如等待了一百年，
等待你降生的这一天。

响亮的啼哭，
沾湿喜悦的笑容，
染红母亲古老的梦。

脱下湿漉漉的衣服，
换上干爽的碎花布衫，
呼吸犹在耳际，
感激不尽你来了！

感激不尽，

终于——的终于——

我们兑现了诺言，如期见面！

我的宝贝，

你躺在小小的摇篮里，

如此地安静。

房间洒满珍珠般的光泽，

乳香暖暖流动，

鲜花送来声声祝福。

52 星辰满天

我靠在枕垫上，
身体依然疲惫倦乏，
每次凝视孩子的脸庞，
千言万语，却无从道来。

俯身轻轻把你抱起，
轻吻你的脸，
已是全部的甜蜜。

时间倒数的一天天，
累积成一本厚厚的画册，
每一页，
都出乎意料，星辰满天。

一年来，
期待，喜悦，
忧惧，宠爱，
难眠，盼望，
疼痛，感谢。

一场奇特的梦境，
幻觉般显现又消失。

它存在流逝的时光中，
男人的喜悦和女人的信念中，
坚强，柔弱，困惑，清醒；
黑色，红色，沉重，轻盈。

它淹没所有，
又义无反顾——重生所有。

53 奶奶离去

奶奶说：女人哪，总是要生孩子的。
我说：早着呢……别老唠叨了……
我是怕到时看不见了……

对不起，奶奶，孩子迟到了！

你再也不会站在窗口盼着我回来，
你再也不会倚靠在桂花树旁眯着眼笑看着我，
河流啊！你可知道我的奶奶去了哪里？

我的孩子，哭声震天！

你的女儿双膝跪地，

用月牙形的木梳为你梳理白色的长发。

最后一次——

你的长发在女儿手中如绵绵春雨，

落尽往昔的悲喜愁苦，

落尽只以沉默凝望的一世艰辛，

落尽你的明媚，温柔。

最后一次——

一圈一圈，为你绕上红色的头绳，

白发轻轻旋转，长长的，

女儿用纤巧的手为你编好玲珑的发髻，

一圈，又一圈。

54 孩子来临

呜哇……呜哇……

你用尽全身力气哭！

奶奶，你听到了吗？

你会说：你出生的时候也是这样的。

你会说：乖囡囡不哭不哭。

一只小鸟停息在窗前，

你身披彩色羽翼，

乌亮的眼睛像要诉说什么。

你微微挪动徘徊，

取消时间的限定，

完成一场祝福的仪式。

你寄宿在异乡诞生星月与玫瑰。

呜哇……呜哇……
太阳的手抱着你，
你紧闭双眼挥舞小手用尽全力哭！

哦，乖孩子，
你脱胎换水，这是你出生后第一次洗澡，
当柔软的白色小毯子将你包裹起，
好了，不哭了！

我把你搂在怀中，
端详着你哭得红彤彤的小脸蛋，
你交给了我一个关于生命的答案。

⑤⑤ 奶奶好吗

奶奶，你还好吗？
你在另一个漫长的世界，
你的形象总在我梦中浮现。

你曾经是个小婴儿，
小女孩，迷人的少女，美丽的少妇。

从来，在我心中，
你天生就是奶奶。

你一定会呵呵一笑，
说：你这个傻丫头。
请原谅这个傻丫头虽然为时过晚。

我给你买衣服

从未问过你喜欢什么颜色。

给你买零食

从未问过你偏爱哪种味道。

给你梳头发

从未问过你是否扎过小辫。

我经常叫唤你

可从未想过你是否有时间。

给自己涂口红

可从未想过你是否也喜欢。

玩得很晚回家

可从未想过你是否在担心。

56 安睡宝贝

孩子，大部分的时间里，
你都在睡觉。

你的皮肤仍带有些紫红色，
那是因为你同妈妈一起经历了挣扎。

你的眼睛偶尔睁开来望一眼，
你的头发黑黑长长的，
听说满月后要剃胎头真是舍不得给你剪。

你的手真是好小好小，
大人喜欢将你的手放在掌心中玩耍。

你的小脚肉肉绵绵的，
我们的嘴唇印满了你最初的足迹。

我们喜欢和你说话，
因为你听得那么专心，
怕错过了一个字、一句话。

我们喜欢把你小心翼翼地抱起，
贪婪地望着你，
瞧——
连床边的玩具熊也交织着奇妙的眼神。

57 新手妈妈

哦，孩子，
请原谅妈妈笨拙的动作——

换尿片左右查看总令你手脚乱挥，
托着你在浴盆中洗澡差点让你喝到水。

哇哇哭声中才知你饿得慌了，
奶嘴塞到你嘴里才想起要系围兜。

脸上抓出一条印痕才想起该给你剪指甲了。

睡得冒汗才知给你盖得太多，

排便困难才咨询育儿热线该给你喂水喝。

缺钙了才知要给你补充钙剂和多晒太阳，

小脑袋老向左边看才知要转向右边和你说话。

当你睡着时无意中露出笑容，

我只当你像在说：

哦，没关系的，妈妈！

58 宝贝笑了

你仍在酣睡中，
我打开音乐，爱尔兰风笛悠悠传来。

你的小脚踢了一下，
我撩起洁白的纱帐看着你，
你依然睡得香甜。

我欲转身离开，
你睁开眼睛静静地注视着我，
好像在等待着什么。

然后，你竟然——笑了！

我捋了下头发，

疲惫飞散体外，

你清澈的目光将时间分割。

我握起你的小手，

贴着我的脸，

宝贝，你笑了，你认得妈妈了！

你似乎听懂了，又笑了一下，

我抱起你来，软乎乎的身体紧贴在我怀里。

我们和音乐一起散步，

问候水边的花儿，林中的小鸟，

以及蓝色的天空。

59 选择选择

——你吃得好吗?

——你睡得好吗?

——你发育正常吗?

你的小小的生命,全由我们的选择决定。

我们选择,

带着温暖的心情:

食物,衣服,玩具,书本,

阳光的方向,小憩的青草地。

可是
从某天开始，
我们站在货架前，
手脚冰凉。

在疑惑——
质疑中来回转圈，
如奔走在没有出口的广场。

你在我们的担惊受怕中一点点长大，
孩子，对不起！

60 谁能想象

不过，
你要庆幸，
出生在今天。

年月日饱蘸春天的芬芳，
马路平坦，糖果缤纷，
指尖触及世界每一个角落。

也许有一天，
你会惊讶我们的一无所有，
但水在流，云在飘，
谁能想象一无所有后的满载而归，
正如谁能想象一年前我对你一无所知。

是的，

谁又能想象——

在你面前：

每一丝皱纹都在温暖地微笑，

每一条掌纹都忘记了它的年轮。

每一个旋转都带我们回到童年，

每一次离别都有着那么多的牵挂。

哦，孩子，

奇迹——就是这样告诉了我们。

VII /
/ 小儿初长一

61 母音练习

铃声敲响，

我们回到小学课堂，

发音从"ɑoe"开始，

点数从"1 2 3"数起，

语速放慢语调拖长，

阴平，阳平，上声，去声，

韵母和声母如五线谱上的音符，

当你"啊啊"随声应和，

听众起立鼓掌，

你的小手小脚也紧随其后努力欢腾。

铃声响起，

爱你的人轻声来到你身边，

放下门外的节奏，

踩入一片温煦的阳光中。

你的一举一动，

你的一颦一笑，

都像在放大镜中传染给我们，

当你露出惊讶的眼神，

是不是在问：

为什么你们的笑声比我大得多得多？

为什么你们的笑声比我多得多得多？

62 色彩乐园

原本，
房间以白色为主，
墙壁和门窗，木柜和沙发，
由始至终，
在一片纯白中铺展视觉的可能。

现在，
它正忙碌地迎接着它的客人：
红、橙、黄、绿、青、蓝、紫。

房间，
成了色彩的乐园。

无疑，

这都因你而显现：

一颗红色的星星经过你的眼前，

一条橙色的小鱼绕过你的身旁，

一个紫色的气球掠过你的床边，

你惊奇的表情远远超过了我们的想象。

它们——

你的玩具，宠物，书本，

你亲密的朋友，

带领你一起探索心灵中不为人知的神秘世界。

63 为此抱歉

我们为此而抱歉：

一不小心，
视你为逗乐玩具，
忘乎所以阻断你的视线，
出神入化听命于自以为是。

而未曾有丝毫的感觉——
这种跳跃在空气中自我愉悦式的快乐，
却鲁莽地伤害了你。

我误会了你的哭泣，

忽视了——

一道光线的折射，

一片树叶的舞动，

一只鸟儿的起飞对你产生的意义。

我们以舍弃的决心给予，

然而，

对于你，我的孩子，

却所知甚少，

甚至一无所知。

64 领受天赋

因而，
又一次，
你将我们引入一片从未进入过的领土，
如与你一起经历的漫长孕程，
领受幼小而强大的天赋。

你俯卧努力用前臂支撑起身体，
你伸出小手紧拽我的手侧身翻转，
你看见陌生的面孔"哇"直哭，
你在迎向我的那一刻又笑逐颜开，
你全神贯注追视活泼敲击的小鼓，
你靠在我肩上急切地抬头向四周张望，
你用所有力气向前抓握七彩的小铃铛……

原来，

你的需求并非仅限吃饱穿暖，

它只占极其微小的一部分，

你的视觉听觉触觉味觉的极度敏感和渴望，

曾一次次令我们收回视线，

调整思维的运动方向，

循着你的目光到达秘密的藏身之处，

和你一起领略习以为常，

但对你而言却非同寻常的事物之中的万千气象。

65 母亲和我

我是如此虔诚，
进出你的房间。

有一天，
你睡着了，
我推开你的房门，
看见我的母亲坐在摇篮旁，
边飞舞手中的丝线边哼唱着摇篮曲。

她穿着一件淡蓝色棉质衬衣，
白色的小纽扣服帖地扣住小方领子，
齐耳短发顺着微颔的脖子形成一道月牙形，
右手的穿针引线和着曲调一起婉转起伏。

窗外流入黛金粉和靛紫相间的光线，
裁剪静坐于舞台一侧的身影。

我的出现并没有引起母亲的注意，
就这样站在入口处，
安心置身于由此唤起的波澜，
想入非非，浅进浅出。

母亲似乎感觉到了什么，
抬头转向我，
轻声吐出：哦，妈妈来了！
我也轻声作答：妈妈，我来了！

66 我和母亲

宝宝还在睡。
我悄悄走近，
又推开一扇门，
蹲在你的膝盖旁，
像一只猫。

窗外淅淅沥沥，
你忙放下手中的针线站起身来，
我也跟着蹦过去，
你关木窗的动作利索干净，
一扇接着一扇。

我只是带着欢乐的心情紧跟着你，

跑到这边，跳到那边，

然后，像什么也没发生一样。

你又安静地坐下来提起手中的活儿。

我再次靠近你，

贴着你的脸庞，

追随记忆中雨声尽头的蛛丝马迹，

然而那扇挂着风铃的门已紧闭无声，

只留下隐约躺在摇篮中一个模糊的影子。

哦，宝宝醒了！

67 糖果天使

孩子，

爱你的人围成圈，

你以一串串"咯咯咯"的笑声认真回复。

乐声中，

一遍一遍地练习，

你在摇晃中伸手支撑起前倾的身体，

由与天花板形成的平行线转成直角，

终于——

你可以换个角度看世界了。

为这来之不易的胜利，
你的每一个细胞仿佛都在欢声庆祝。

大人将你扶起，
你又跃跃欲试向上挣脱，
借着传给你的力，
两只小脚瞬间听从指令，
顺着旋转飞离地面，
身边景物环绕仿佛速写。

笔端飞溅扑面而来的感动：
不加掩饰的激情，
迅疾中的流畅自如，
天使剥开锡纸包装的糖果，
送入我的口。

68 整理房间

三年前，
我们细心丈量住所的每一个角落，
平衡地毯与地板沙发画框窗帘的色彩和尺寸关系，
争论一盏吊灯的材质形状以及色调，
斟酌一件手工艺与之匹配的方位和光觉，
一个物件的出现，
必须呼应家居和空间微妙的自然秩序。

对于一条浴巾的垂挂方法都很在意的人来说，
孩子和与之成百倍增加的物品，
如何移动位置更新安放，
的确是严峻的考验。

我站在客厅做了下深呼吸，

开始卷起地毯，

铺上孩子的爬行垫，

封合桌子茶几的四个尖角，

整理插线板，

收起离地面90厘米以下的易碎品，

前后左右地板擦净，

放上滚动的音乐玩具，

翻开你全方位探知的新篇章。

各路专家一致强调：

爬行对孩子有重要意义。

⑥⑨ 孩子印象

三年前，
对孩子的印象大约有几种：
街上妈妈推着婴儿车不疾不慢地走着，
商店里孩子拉扯着大人的衣角哭嚷着买玩具，
书店里三五个孩子坐在地板上凑在一起看书，
餐厅里大人吃饭小孩绕着餐桌跑。

好像孩子从来就是这样的，
好像我生来就是到处乱跑的。

然而那段自婴儿新生儿幼儿的时光躲到哪里去了？

它藏在父亲母亲的记忆中？

藏在和你曾经走过的任何一个地方？

藏在一张张即兴的相片之中？

藏在你一个调皮的眼神之中？

还是半空中飞舞的一个气球之中？

它不作声张——从来如此，

然而，却交付了一切的爱。

孩子，

你的每一天，不可重来的每一天，

当一个阶段消逝，

另一个阶段猛然来临——

现在，你能熟练地：

往后退，向前爬，向左转，向右转。

⑦⓪ 天生好奇

宝贝，你的小手移情别恋了，
不再抓起小脚把小兔袜子拉得长长的，
不再紧抱着小脚啃一排小脚趾头了，
而十足像个小侦探——

一会儿伸出食指抠地板与墙壁的缝隙或一个小圆孔，
一会儿用拇指和食指抓起一颗糖果，
一会儿全部派出十指伸向床底揪出一只小猪。

你全神贯注于每一个动作，
每一次新的发现——

有一次，

你站在我膝上蹦跳，

我以为你为跳得高而兴奋，

我顺着你的视线抬头，

原来你看见了天花板上鱼缸的倒影，

水波晃动，光影陆离，

如一出抽象的皮影戏。

我的心绪也随着水波摇晃了一下，

原来自己的某一部分知觉已被删除很久很久了。

那一天，你在独自玩耍，

我榨好了橙汁进来，

迎着我的视线，你居然——站起来了！

扶着栏杆露出上下各一对中切牙。

哦，刚才你一定坐下，站起，

坐下，仰头躺下，坐起，又扶杆站起，好多次吧！

VIII /

／母亲成长一

71 一场惊梦

就这样，
你领我们进入一个个惊喜之地，
但有时，也在惊慌中醒来。

有一夜，
还有更多别的夜晚，
你哭，不停地哭，
我紧抱着你，安慰你：
好了，很快就会好的，不哭了！

你躺在我怀中，

我慢慢脱离你的手臂，

来到满是人影的游乐场，

我们坐上了旋转木马，

篷顶上红黄绿的灯光交替洒下来，

炫目地昏眩，

怎么就我一个人了？

我哭起来，

只有寂静答复我的呼叫，

终于孩子的动静，

让我从噩梦中挣脱出来，

蒙胧中把你看见。

72 门口方向

今天天气真好！
忽然发觉——
今天比以往任何时候都计较起天气来。

以前可没那么在乎，
雨嘛，总是要下的，
天呢，总是会晴的。

可今天要是下雨，
你就不能出去玩儿了。

显然，

你最激动的时刻，

是抱着你往门口方向走。

我的步子随着你愈加前倾的身体加快，

侧身拧开门锁时你两手直挥舞，

嘴巴急切发出"歪歪"的声音，

如果碰上忘带奶瓶回身去取，

你的神色就骤然紧张起来。

当我们来到楼下花园，

你的每一个细胞——

早已蓄势待发，奔向姹紫嫣红。

(73) 花园问好

这里，
鹅卵石小道，树木，花朵，青草地，
三两长椅，滑滑梯，跷跷板，木马和池塘，
一处疾步间撇一眼的公共布景，
一个孩子永不厌倦的游玩天堂。

我们的第一个任务，
打开花园的大门清点物品，
依次说出不同事物的名称，
起先，由我指着说，
后来，你指着我说。

经常，

你伸出指头往某一个方向探过身去，

哦，你见到了一飞而过的小鸟，

或者一只草丛间忽然钻出来的小猫，

一只摇头摆尾的小狗。

然后，向它们一一问好！

有一次，

你指向一位坐在长椅上的老奶奶，

哦，奶奶你早！

奶奶抬起皱纹密布的脸庞，

白发在阳光下轻快拂动，

你好，小朋友！

奶奶泛起涟漪般的微笑。

你探出小脑袋仿佛在细数皱纹，

我换了一个抱你的姿势。

⑦④ 长椅奶奶

奶奶说：

我80了！边说边用手比画。

你这才回头，

仿佛让我做翻译，

我说不出话也和你一样。

无声压倒语言，

形象压倒无声。

一个比一个脆弱，

一个比一个坚强。

自面容、手臂、脚步、衣裳，

走过堤岸，穿过拱桥，绕过秋千架，

撕碎，拼贴。漂泊，停靠。

奶奶坐在绿色长椅上，
拐杖搁在一旁的扶手边，
眼睛微闭着，
嘴唇颤动像在说些什么，
是和自己诉说，
还是和谁低语？

孩子的身影在她眼前晃动，
那么近，又那么远，
那么小，又那么大。

75 爬呀爬呀

啊，瞧，

你能抱着绒线球站上一会儿了！

你能扶着椅子往前走了！

你能牵着手走路了！

你真棒！

要是高兴，

你还是会挣脱大人的手，

伏在地上，

就像伏在一张世界地图上——

从南沙群岛

爬到加勒比海，

从印度洋

爬到南极洲，

从非洲森林

钻进蒙古包，

从巴罗斯港

冲向巴哈马群岛，

乐此不疲！

啊，瞧你，

背上好奇的行囊，

和蚂蚁打招呼，

和鸽子交朋友，

和星星捉迷藏，

乐此不疲！

76 不记得了

奶奶说：

小时候的事情都不记得了！

边说边摇头。

不记得了！

她反复念着"不记得了"！

哦，

你是记得的，

这是你用作忘记的密码？

你是记得的，

这是你记起后选择的忘记？

你是记得的，

这是你在向回忆一点点靠近？

或者我什么也没猜对。

这是属于你的秘密，
藏身在可能或不可能的恋恋絮语之中。

正是这种怀恋，
深情唤起清澈的灵感，
赋予衰老朦胧而迷人的美。

它在那儿，
在稚气未脱的迷宫中可爱闪躲。

⑦⑦ 回来童年

现在，
你俨然是个小导游，
拉着我的手逛东窜西，
同时担任视力矫正师。

你什么时候闻过花瓣的味道？
什么时候静待雨滴从玻璃上滑落？
什么时候蹲在池塘边观看成群的小蝌蚪？
什么时候踮脚寻找藏在枝杈间的果子？

好像很久了，真的。

很久是多久？

就是很久很久以前。

哦，宝贝，

童话总是这样开始的……

总在孩子临睡前开始……

我们是在祭奠童年？

还是在挽救幻想的天分？

抑或复活魔法世界中的纯净气质？

真诚。善良。爱。勇敢。尊重。

是。好像又不是。

倘若童年的花园本已坍塌，

何来挽救与复活？

78 奶瓶温度

哦！你饿了，
先自己玩一会儿吧。

我走进厨房，
洗净双手，
从消毒器皿中取出奶瓶，
然后往奶瓶中注入温水，
放入3平勺奶粉，
拧紧瓶盖，
紧接着轻轻摇动奶瓶，
待奶粉全都溶解后滴一两滴在手背，
感觉温热即可。

这个重复又重复的动作，
像一道流水线上的作业，
利索，快捷，精确。

有所不同的是：
心情和奶瓶的温度是一样的。

宝贝——
你吃饱了，睡着了，我也饿了！

79 银发老人

她很美，
坐在长椅上的每个清晨。
每次孩子经过，
总是笑眯眯地看着。

她的美已和青春失去联络，
深蓝色对襟衣贴着瘦小的身体，
纤弱的小脚衬着一双黑布鞋，
一头银发似乎特意为满目苍老而定制。

看上去，

她毫无怨言地继承这份遗产，

当镜子交与她那一刻，

是欣然接受还是端详已久？

或是皱个眉抬个眼一笑置之？

如果那一天到来，

我不知道将会怎样地凝望？

她很美，

坐在长椅上的每个清晨。

每次孩子经过，

总是笑眯眯地看着。

80 梦见奶奶

我蜷缩成一团，
轻雾将我层层包裹，
光的能量打开我的手，
长发松开随之起舞，
我冲出雾气，
百合轻盈而落。

光色斑斓，
竖琴滑过天籁，
一双纤细的手，
写下独白放飞鸟儿，
她搭起时光的天梯，
拖起雾帐叩响天国的门。

那里，

云烟飘香，光晕目眩。

我怕走错了门东张西望。

啊！我看见你了奶奶，

你静静地，坐在一把青竹摇椅上，

银发翻飞似乎已等待了很久，

此时风铃作响，你也看见我了！

一个漫长的梦，我们紧抱着不愿放手。

孩子——

今天是你的生日，

我们为你点燃此生中第一支生日蜡烛。

IX / 小儿初长二

81 我自己走

看，我也会了！

你稳稳站立，
分开大人的手，
迎着金色的光，
迈出第一步，第二步，第三步。

一步一步，
踩着胜利的鼓点，
像摇摇晃晃的小船，
向我怀中扑倒过来。

你要的奖赏——

只需领取一个大大的拥抱和一个甜蜜的亲吻。

宝贝，

你自己会走路了！

你的表情，

多像一位征服领土的君王。

你的小脚，

歪歪倒倒，倒到歪歪，

终于破解自由的密码，

宣布听我的了！

82 走呀走呀

不止一次说过，
你如何生动地证明"奇迹"两个字。
它包含因果，
包含由你而来获知的爱，
包含从未谋面的新的自我。

它诞生于日常，
那个无人可测的日子，
它捧起清晨第一滴朝露，
洒入你纷乱的发丝，
径直流向末端分叉的那一头。

常常，

从你透明的目光中抬头，

悄悄跨过忽然而至的恐惧。

宝贝，

你走得越来越稳了，

如一个迷路的小孩忽然辨识了方向，

忙着追赶小鸟落叶小伙伴。

目光所及处——都如好客的主人，

神清气爽地迎接你们。

你们真像一群忙碌的小蜜蜂啊！

来，坐下来，

喝口水，再奖赏一根棒棒糖。

其实妈妈也想坐会儿！

83 ma ma ma ma

每次外出，
行李箱空出1/3，
玩具很沉，
想到你的笑脸，
就变得轻了。

你快乐地传送密电，
一会儿momomo，一会儿nanana，
我aoaoaohaha 地回应，
哦，我知道你在说什么呢！

——ma na

——ma ma

——ma ma ma ma

——妈妈——妈妈——

哦——

我听到了，听到了！

却——

什么也说不上来……

一股从未有过的热流汹涌而来……

84 同一个音

据说：

人类有6000多种语言，

而在千差万别的语音中，

全世界的孩子发出的第一个音同为"ma"，

全世界的小生灵都将这个最自然的发音献给了母亲。

如果没有你，孩子，

我永远也不会去打探这个消息，

如果得知了——

也只能像念"地球是圆的一样"

念出每一个字并保证吐字归韵准确，

然而却无法领略内心深处藏匿的那片神圣而芬芳的湖泊，

当它被唤起——

它是那样地明净清澈，恩泽动人。

有人说：这是幸福。

也有人说：这是磨难的开始。

然而，

谁能说它们不是一对懂得互相照应的好伴侣呢？

就如月亮之于潮水，

太阳之于大地。

谁能猜测一颗种子某一天与天空的对白？

85 天天天长

孩子，
你大了不少，
婴儿服早已穿不下了，
衣柜里增添了一些新的衣裳。

爸爸妈妈，
也大了一岁，
眼角增添了一道细密的皱纹。

我们在一天天变老，你在一天天长大。

每次我们跨出地铁，
你的小手总是拽着我不肯走。
我拉着你的手站着，
看乘客陆续上车，
听指示灯响起"嘀嘀嘀"的声音，
车门静待片刻"啪"地合上，
随即一节节车厢轰鸣而过。

当繁忙沉入寂静，
你紧牵着我的手转身离去。
而终有一天，孩子，
你会松开我的手，
独自一人登上列车，
寻找属于你自己的世界。

86 魔法小手

我的小宝贝，
你的小手真是够忙的！

一会儿
从抽屉中扯出一条围巾，
一会儿
从厨房举出一个锅子，
一会儿
从卫生间拉出一条长长长的卷筒手纸，
又一转眼
从衣兜里掉出一块块积木
……

当你的小手抓到画笔，

你仿佛握住了一根魔法棒，

使出浑身解数——

一个小点，一个大点，

一条弯扭的线，一条飞驰的线，

一个不闭嘴巴的圆

……

墙上，沙发上，

玻璃桌上，地板上，

床单上，衣服上，灯罩上

……

红的，绿的，黄的，蓝的，紫的

……

87 走在前面

我的小宝贝，
你的快乐枝繁叶茂，
我紧追不舍，
你总走在我前面。

我们像隔着三十年，六十载，
你在我眼前，跑啊跑，找啊找……

只有你知道，
鱼儿在交谈，
草儿在问好，
花儿在致谢。

只有你知道，

该怎样用好奇搭起心灵的城堡——

雨滴是落在指头上的颜料，

池塘是观看云朵演出的圆形剧场，

枯萎的树叶亮起宝石般的光泽，

冰凉的雪人可以玩一场暖洋洋的游戏。

我的宝贝，

你的快乐枝繁叶茂，

我紧追不舍，你总走在我前面。

88 人类孩子

羚羊、鹿、生来会跑，
狮子、狼，生来会爬，
人类的孩子——
必须紧贴母亲的怀抱，
熟悉她的香气脸庞和声音。

相机的这一秒，
你笑得灿烂夺目，
相机中的下一秒，
你哭得惊天动地。

一天，一月，一年，
开始东倒西歪迈出人生的第一步。

很多时候，
对你所犯的错误，
出于粗心大意，
出于千百个借口，
出于自身，
出于一种隐形的习性，
出于必然。

我们逃不出局限，
我们来之不易。

89 不能这样

你摔倒了，

我扶你起来；

你哭了，

我抱起来安慰；

你饿了，

我马上往你小嘴巴塞东西；

你要玩具，

我买给你；

你衣服脏了，

赶紧拍灰尘别玩儿了；

你丢了东西，

忙弯腰替你捡起来；

睡觉了，

给你收拾一地玩具；

不愿走，

我来抱我来背；

还没开口，

我抢着把话说了；

你的书包，

毫不犹豫地帮你背

……

我反复告诫自己不能这样。

决定你五官和身高的条件已成熟，

决定你命运的是什么呢？

90 对吗错了

我们凝视着孩子，
不能确定每一次的选择是对是错。

但是——
语言必须诚实表达，
待人必须友善有礼，
坐车必须排队等候，
用餐必须轻声细语，
批评必须添加鼓励，
错了必须真诚道歉。

我们对育儿资讯了如指掌，

可常常手足无措甚而焦虑万分，

可亲可爱的妈妈，

要知道，没有一个孩子是相同的，

请相信作为母亲的本能和直觉。

这个世界上，

已没有什么比孩子赐予我们那一声"妈妈"

所给予的力量更让我们勇敢了。

但靠近你——

必须从零开始的诚实。

奶奶说：
女人哪，总归要生孩子的……

你零散的话，
总像一个完整的寓言。

X / 母亲成长二

91 游戏秘密

敲醒瞌睡的石头，
骑上亿万年前的恐龙，
举起手中的魔法棒，
你放开我的手，
奔跑着追赶你的同类。

你们手拉着手，
奔过去追过来，
你们成群结队，
围成一个圆圈，
玩自己的游戏。

草地是柔软的床铺，

阳光是温暖的被子，

我们站在草地尽头，

看着你们快乐嬉戏。

玩儿吧孩子，

和风一起呼吸，

和雨一起跳舞，

看猫咪钻入树丛，

给大树一个拥抱，

帮小甲虫翻个身送它回家，

再和太阳公公说再见！

92 不用担心

不用担心——

我爱你溅满泥水的小脚，

我爱你涂满冰淇淋的嘴巴，

我爱你沾满颜料的小手，

我爱你舔棉花糖的笑脸，

我爱你睁大眼睛看海豚表演，

我爱你站在白雪公主旁羞涩的模样，

我爱你转圈后的摇摇晃晃，

我爱你脚上少了一只鞋，

我爱你抱着小绵羊睡觉，

我爱你对着镜子做鬼脸，

我爱你追赶彩色泡泡……

我爱你把毛衣当裤子穿，

我爱你滑滑梯上扬起的细发，

我爱你气球飞走后的哭泣，

我爱你推倒积木重又搭起，

我爱你聆听蝉的鸣叫，

我爱你和门牌号打招呼，

我爱你呼唤小狗回家，

我爱你看飞机划过天空的印痕，

我爱你寻找夜空中的月亮，

我爱你飞快奔向海边的足印，

我爱你小脑袋中蹦出的一个个问号，

我爱你稀奇古怪的幻想，

我爱你告诉我的每一个梦。

我爱你——让我学习我怎样爱你？

⑨③ 向你学习

如同你学习走路一样，
养育你的路上跌跌撞撞，
费力地寻找辨别。

我们扮演参与者，
又担心成为剥夺者。
我们扮演指导者，
又担心成为破坏者。

如果我说话的声音忽然变大，
请你原谅！
如果我看着你忽然沉默不语，
也请你原谅！

我们在你身边，

但也会溺于潮水，深陷沼泽。

我们也像你一样，是个孩子。

因而——

我们摔倒，站起来，

依然面带笑容，

因为我们也要像你一样。

94 问呀说呀

我问：谁最喜欢待在树上？

你答：树叶。

我问：蜗牛为什么走那么慢啊？

你答：它在等彩虹呀！

我问：蜘蛛在干什么呀？

你答：它在跳蹦蹦床呀！

我问：你喜欢什么颜色啊？

你答：白色。

我问：为什么啊？

你答：因为可以画画呀！

我问：你画的是什么呀？

你答：是消防车——

可以在水里开，雪地里开，

鲨鱼背上开，星球上开……

我问：你许了个什么愿？

你答：我要吃蛋糕。

我问：你有什么小秘密？

你答：嘘！一个紫色的秘密。

我问呀问，你说呀说，

在公园里，在门槛边，在台阶上，

在车厢里，在餐桌旁，在月光下……

95 爱的分娩

之后，
轮到你问呀问呀问呀问。

记得那一晚，
你一脸认真地问我：
妈妈，人为什么会死呢？
你的双眼充满困惑。

我在你的身边躺下来，
你的头枕着我的手臂。
嗯，宝贝，
因为人走了很长很长的路以后呢，
会很累很累，慢慢呢，就走不动了……

我喃喃说着，

你已沉入梦乡。

你的小脚已碰到我的膝盖了。

当有一天，

我们在晨光中醒来，

你已长大成人追梦筑巢。

当岁月渐已逼近如你所问，

躺在床榻上就像这样，

只是再也不能起身和你告别。

而我们——

没有辜负此生的魂牵梦萦，

我们分娩了爱情，分娩了你，分娩了爱。

96 另一个人

如果

我不是一位母亲，

我将永难体会母爱的真义。

她自你在母腹中的第一次悸动启程，

带着日积月累沉重的躯体，

轻声步入朝向母亲的征途。

她降临欢喜驱赶惊慌，

直至穿越源源不绝的疼痛绕过死神的脚步。

如果

我不是一位母亲，

我将永难领悟母爱的真义。

当爱的种子深埋沃土，

当你熟睡在我的怀抱，

当你露出纯净的微笑，

当你迎着我迈步而来，

我成长为了另一个人。

如果

我不是一位母亲，

我将失去学习原谅的机会。

⑨⑦ 可曾明白

为了美
我们上下而求索：

鞋的颜色刚好匹配头发的颜色，
袜子的色彩恰巧呼应手包的色调，
睫毛液涂上靛蓝和裙子更衬，
经过隧道，路过街市，
这样的美丽必不可少。

而另一种令人沉醉的美，
一如婴儿伏在母亲怀中午睡，
呼吸自在，不忍惊动，
请放慢脚步，轻点儿……

只是凝神的一刻，
抑或擦身而过的柔声低语，
只是一次深情的回眸，
抑或历经磨难后的重新启程。

当落叶缤纷满地，
皱纹开始编织岁月的往来，
我们不再为他人耗尽心思，
只为心灵的午餐存储食粮。

是的你很美——
头发凌乱地飘又何妨呢？

98 自然课堂

孩子:

用你的双眼旅行大地,
海水比你想象的更蓝,
高山比你想象的更高,
长城比你想象的更长,
森林比你想象的更大,
洞穴比你想象的更深。

我询问你在何处告诉我远方的奇妙!

也许你会被外表诱惑，
你会羡慕别人的富有，
也许你会被贫穷牵绊，
你会发出屈服的声音，
请低下头来驻足片刻，
小草比你想象的坚强。

是的，孩子，
没有什么比谦卑的灵魂更高洁的了！

用你的双眼旅行大地，
用你的双手耕种田地，
用你的胸怀容纳荣辱，
用你的微笑面对创口。
用你的心灵寻访万物。

⑨⑨ 因为母亲

你还在梦中，
也许正和怪兽攀谈，
或和大象翱翔。

而我是一位痴痴的母亲，
总是东想想西说说，
怀揣一颗起落的心，
上上下下瞻前顾后。

并非不知道有一天你会独自上路，
并非不知道过多的爱将把你宠坏，
但每当想起你来到我身边的时光，
我情不自已对这份情感投怀送抱。

你还在梦中，
抱起枕头翻了一个身，
然后笑出了声。

呵，瞧，
你有你自己的梦！

而我
又在这里喋喋不休什么呢？
你在梦中飞得多远我无从知晓。
而我看到，听到你笑了——

这已足够。

(100) 记忆之椅

现在，

我和你走在路上，

我的手臂自然下垂就能搭在你肩膀上了，

你再也不会叫嚷着要抱抱了。

偶尔说起你很小很小时候的事情，

仿佛在谈论别的什么，

你不能记起的一幕幕近在我们眼前，

如坐在一把记忆的椅子上，

观看关于你出生成长的电影。

你在我们的视线中慢慢长高，

我们在你的视线中慢慢变矮。

不，这不是成长的秘密，

只是看起来如此罢了，

真正的秘密在我们心中发芽生长！

当你的生日蛋糕上，

又插多了一支蜡烛，又插多了一支，

我总会想起你降生的那一天，

那是一个女人成为母亲的时刻，

百合盛放柔和的芳香，

宝贝，别哭，爸爸在，妈妈在！

今天，我和你走在路上，

春色铺满大地绿色倾泻枝头，

真快啊！又一个春天来了！

(101) 宝贝别急

地铁口的一个场景：

我牵着孩子正迈上台阶，
一位孕妇在丈夫陪伴下走过。

我又转向一侧，
一位少女斜靠在廊柱前发呆。

再往前几步的电梯口，
一位老人正将包从左手换到右手。

然后——

好像什么也没看见，

命运分娩的儿女，本是一次一次地别离。

然后——

好像什么也没发生，

收起倦容和醒来的黄昏干上一杯。

日子就这样平常地栖息在肩头，

而不灭的繁星，总在抬头时将你望见。

宝贝，别急，慢慢走！

102 致谢孩子

她睡着了，
受洗春天的嘱托，
银铃系挂玫瑰的一端，
在宁静的风中叮当作响。

再次沉入回忆的子宫，
你天赋的惊奇引领我，
去采集那无瑕的琥珀，
雕塑一个天使的形象。

她静静地睡着了，婴儿般。

怀孕的季节，

已如遥远岁月的一幅幻景，

分裂一个过去，托起一个未来。

而那不再重来的春夏秋冬，

早已化作潺潺不息的暖流，

永不枯竭喂养人间的奇迹。

孩子——

谢谢你的哭！

谢谢你的笑！

谢谢你带来的色彩！

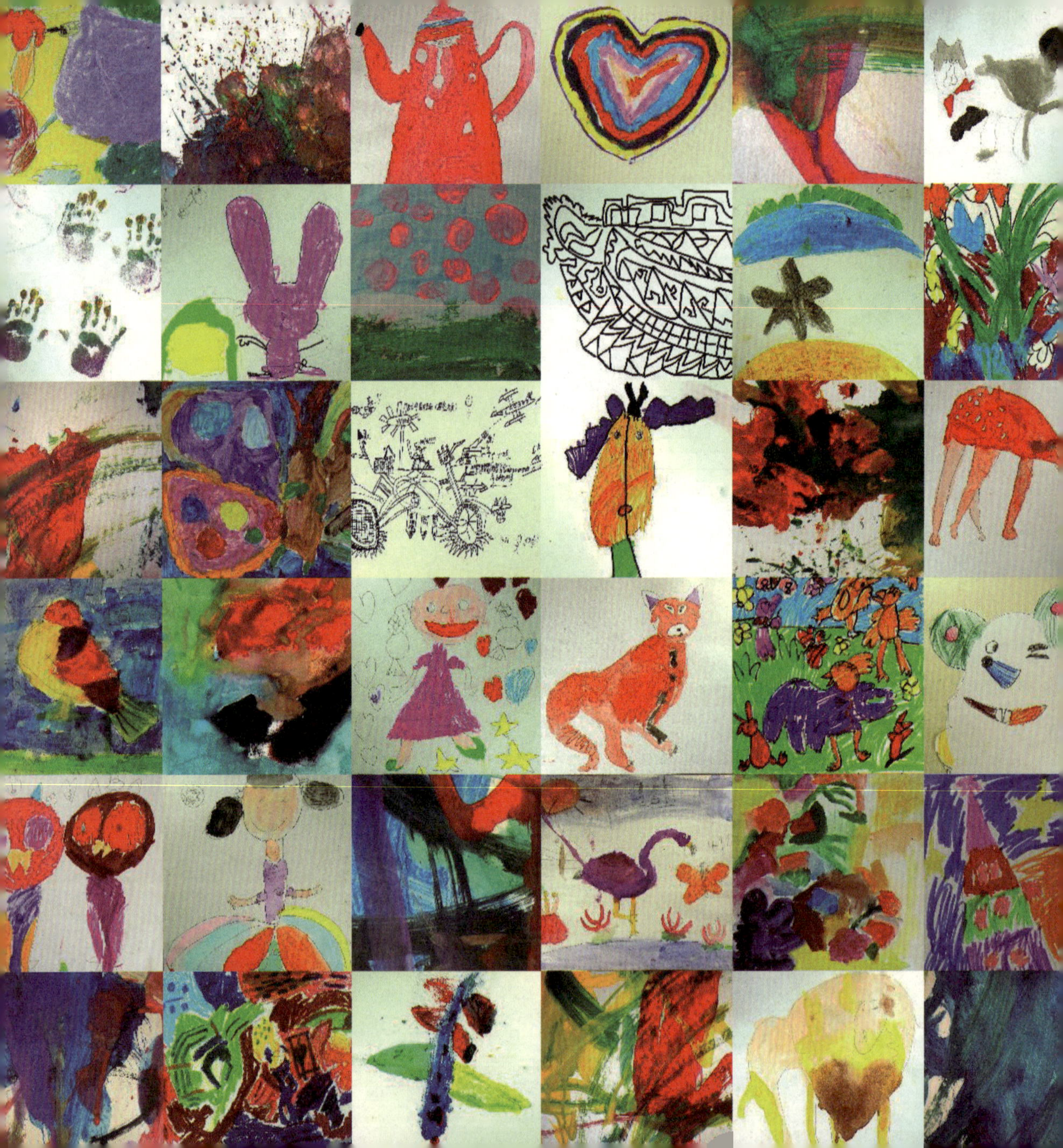

图书在版编目（ＣＩＰ）数据

甜蜜的谜 / 朱燕著. -- 武汉 ： 长江文艺出版社，2017.3
ISBN 978-7-5354-9448-1

Ⅰ．①甜… Ⅱ．①朱… Ⅲ．①诗集－中国－当代 Ⅳ．①I227

中国版本图书馆CIP数据核字(2017)第031306号

责任编辑：谈 骁　　　　　　责任校对：陈 琪
装帧设计：麻箫恒　　　　　　责任印制：邱 莉　胡丽平

出版：长江出版传媒 | 长江文艺出版社
地址：武汉市雄楚大街268号　　邮编：430070
发行：长江文艺出版社
电话：027—87679360
http://www.cjlap.com
印刷：上海海圳印刷有限公司

开本：889毫米×1194毫米　　　1/24　　印张：12
版次：2017年3月第1版　　　2017年3月第1次印刷
行数：4032行

定价：39.00元

记得有一个清晨，阳光明媚，孩子忽然说："妈妈，看，我的眼睛里流出的是色彩。"我愣了一下回转头，"哦，你的眼睛忽开忽闭，原来你是在和太阳公公捉迷藏呢！"原来，诗不在"远方"啊，就在我们身边每一个琐碎平凡的日子中，所要的是如孩子般的纯与真，和那一颗敞开着的心灵。孩子的一举一动，启发和鼓舞着我发现些什么。

从胎儿、婴儿至幼儿，孩子，绝不是一个"闹哄哄"的形象，每个阶段都在呈现天然的生趣。当孩子童稚的时光一晃而逝，我时常想起这一段奇迹般的岁月，一个个不可思议的时日：前世今生，如梦似幻，绵延扩张，超越现实的真实，在夜幕中显现全部温柔与诗意的光泽。

于是这样的梦一直追着我，促我捕捉记忆的场景，在转瞬即逝的惊奇中重建自身的已知和未知，也像一个孩子一样欣喜地张望、寻找、触摸、选择、成长，终于在割裂的时间中缓慢串起这102个小节，将这一段未能停留在孩子记忆中的岁月存放在这里，也将身为一名母亲所经历的体验留存在这里。

时光踩着消逝的脚步狂奔，与你相见，是最美的奇迹！愿你做个幸福的人！

后记

这本集子和孕育一个孩子一样，从零零碎碎写日记开始，到将之转化成一句一行来表达，走过了很长的时日。俨如一位启程的旅人，捧着一本方向不明的导游手册，迈着小心又虔诚的步伐，一步步向着没有尽头的地方探寻——拨开重重迷雾，那里仍是一个难以抵达之境。或许，正是这样一种若隐若现、欲罢不能的吸引，牵着我缓缓走入这条静寂幽长但又充满无限温暖的甜蜜之路。

对我而言，生养孩子曾是另一个星球的话题，当缘分到来，一个小生命闯入我的体内，一切都不复以往了。生命中也再没有什么时候能像这短暂而漫长的十月，经历如此丰盈跌宕的喜忧疼痛；也没有什么能像初生初长的孩子那样，拥有如此清澈明朗的天真与好奇。孩子的到来，一天天带给我们从未有过的感动，一次次让我震惊于生命初始迸发的巨大能量，让我们蹲下来，低下头来倾听和看见。

当孩子的小手第一次握住画笔，用力地画出一根根线条，相信每一位妈妈都会欣喜万分。我也不例外，每次见到孩子的画就夸张地赞扬鼓励，孩子便越来越喜欢涂涂抹抹画画。本书中的所有插图都是从孩子的两百多张涂鸦中选出来的，这些无拘无束的偶然所得竟包含了难以言说的妙趣，贯穿至十个篇章，连接成一个整体，这样的巧合是完全没有料想到的。

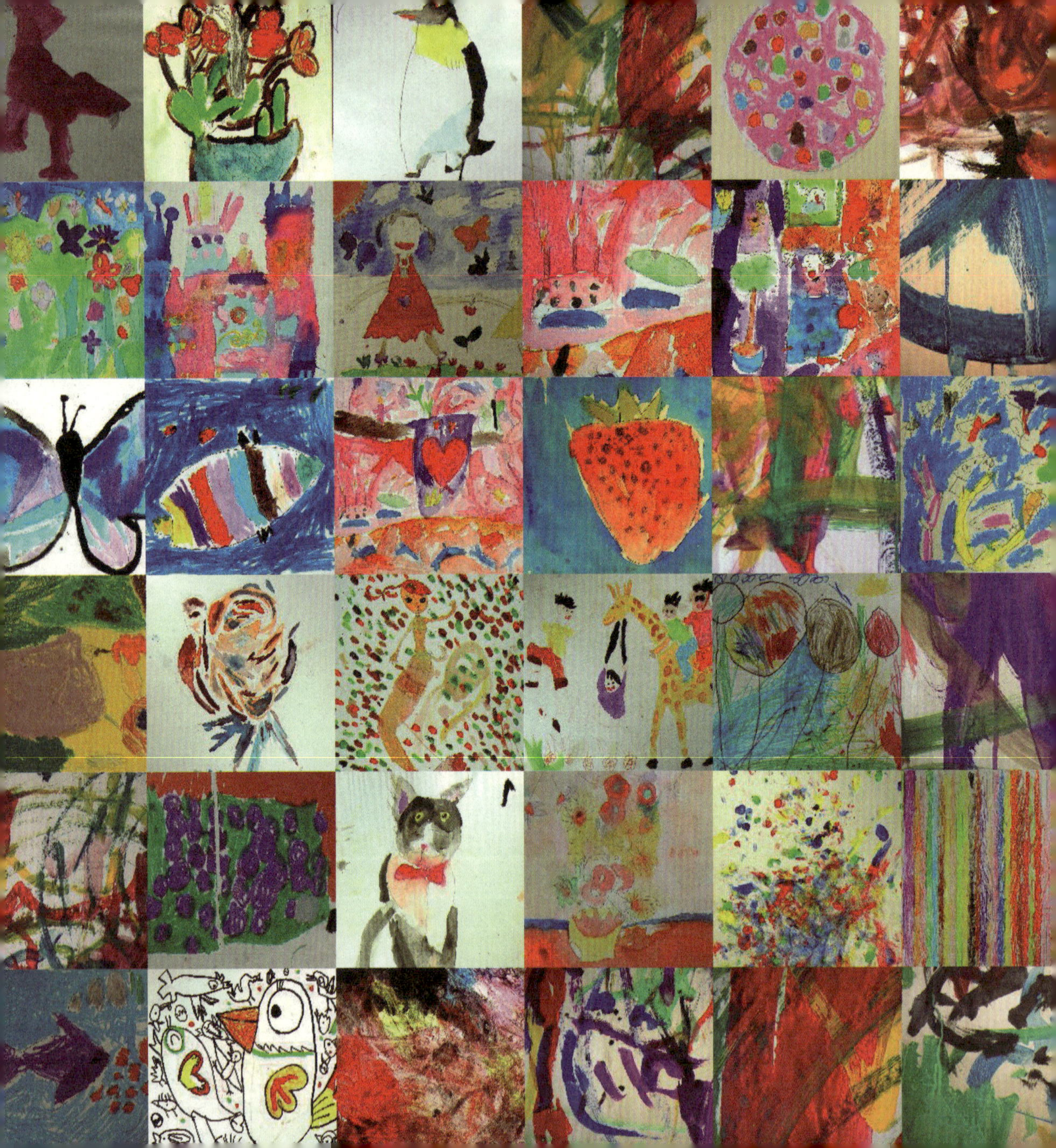